LA GRANDE IMAGERIE

LES ABYSSES

Conception
Jack DELAROCHE

Texte
Laure Cambournac

L'éditeur tient à remercier l'Ifremer (Institut français de recherche pour l'exploitation de la mer) pour sa précieuse collaboration.

FLEURUS

FLEURUS ÉDITIONS, 15-27, rue Moussorgski, 75018 PARIS
www.fleuruseditions.com

QU'EST-CE QUE LES ABYSSES ?

Le mot « abysses » vient d'un mot grec ancien qui veut dire « sans fond ». Pourtant, les mers et les océans ont bien un fond, appelé le plancher océanique. Il se trouve en moyenne à 3 729 m sous la surface, mais peut être trois fois plus profond. Pour les scientifiques, les abysses, que l'on appelle aussi grands fonds ou encore grandes profondeurs, commencent à 2 000 m sous la surface de la mer, et vont jusqu'au plancher océanique. Mais dès 500 m de profondeur, la mer a tout d'un monde à part, obscur et glacial, inquiétant et fascinant.

De la surface aux grands fonds

Les scientifiques divisent les profondeurs en quatre « étages », depuis la surface de l'eau, c'est-à-dire 0 m de profondeur ou zone pélagique, jusqu'au fin fond des océans ou zone benthique.

L'étage abyssal : de 2 000 à 6 000 m de profondeur

C'est à ces profondeurs que se trouvent la gigantesque plaine abyssale, la grande chaîne de montagnes qu'on appelle la dorsale océanique, de nombreux volcans et des monts sous-marins. La vie animale est moins dense, sauf près des activités volcaniques.

L'étage hadal : de 6 000 m à 11 500

Son nom vient du dieu grec Hadès, le dieu des Enfers. C'est l'étage le plus profond des océans, celui des grandes fosses océaniques aux records de profondeur. Et pourtant la v existe toujours dans ce milie extrême, même si les espèce y sont plus rares.

Un monde de ténèbres

Dans les océans, seule la toute petite partie qui se trouve près de la surface est éclairée par le Soleil. Plus on plonge loin de la surface, plus les rayons du Soleil sont absorbés par l'eau de mer, donc moins il y a de lumière dans l'eau. À 200 m de profondeur, il commence à faire très sombre. À 500 m, c'est le noir total, une nuit éternelle qui se poursuit jusqu'au plus profond des abysses.

Pas une algue au fond de l'eau

Jusqu'à 200 m, le Soleil permet le développement des algues, première source de nourriture pour beaucoup d'espèces marines. Mais dès que les rayons du Soleil ne pénètrent plus dans la mer, ce phénomène appelé la photosynthèse ne peut plus se faire. Dans les profondeurs abyssales, plus une algue ne pousse. Et pourtant toute une faune arrive à se développer et à se nourrir.

L'étage littoral : de la surface à 200 m de profondeur

C'est l'étage le plus petit, il représente environ 10 % du volume des océans. Et pourtant, c'est dans ces eaux de surface plus ou moins éclairées par le Soleil que se trouve la vie animale et végétale la plus abondante.

L'étage bathyal : de 200 à 2 000 m de profondeur

À partir de 200 m de profondeur, tout change. C'est le début des océans profonds. L'obscurité devient peu à peu totale, plus une algue ne pousse ; la faune prend des aspects différents de celle de la surface pour mieux s'adapter à cet environnement.

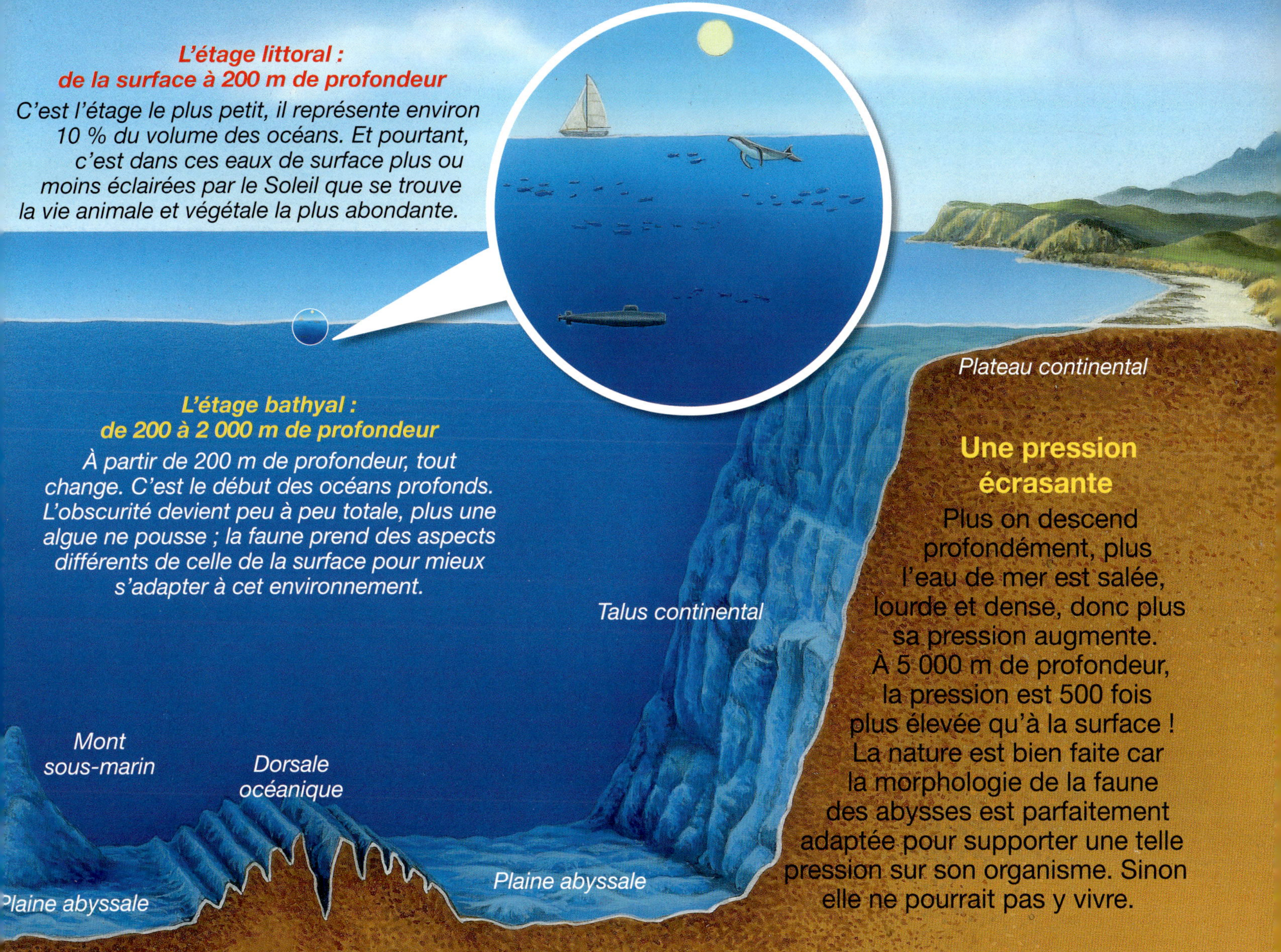

Une pression écrasante

Plus on descend profondément, plus l'eau de mer est salée, lourde et dense, donc plus sa pression augmente. À 5 000 m de profondeur, la pression est 500 fois plus élevée qu'à la surface ! La nature est bien faite car la morphologie de la faune des abysses est parfaitement adaptée pour supporter une telle pression sur son organisme. Sinon elle ne pourrait pas y vivre.

Le cachalot, roi des abysses

Pour satisfaire son appétit d'ogre, le cachalot est capable de plonger en apnée jusqu'à 3 000 m de profondeur. Il lui faut une heure pour faire l'aller-retour de la surface, où il respire, jusqu'aux grands fonds, où il dévore chaque jour des kilos de calamars. Pour résister à la pression énorme de l'eau au cours de sa plongée, sa cage thoracique élastique se rétrécit, et à l'intérieur ses poumons s'aplatissent !

De l'eau glacée mais pas gelée

La mer est glaciale tout au fond des océans. Loin de l'air extérieur et des rayons du Soleil, la mer se refroidit très vite. Plus on descend, plus la température baisse. À partir de 2 000 m, elle reste stable entre 0 et 2 °C, mais elle ne gèle pas car elle est très salée. En Méditerranée, une mer presque fermée par un détroit qui empêche le courant glacial venu du pôle Nord d'y pénétrer, l'eau est exceptionnellement à 13 °C à 5 000 m de profondeur.

LE RELIEF DES GRANDS FONDS

En regardant la surface de la mer, difficile d'imaginer à quel point le plancher océanique est tourmenté par endroits. On a longtemps cru qu'il ressemblait à une vaste étendue plate, ponctuée çà et là de quelques escarpements. Alors que, dans les grands fonds, il y a autant de reliefs différents que sur les continents : des plaines, des montagnes, des fosses et même des volcans toujours en activité. Cet inventaire des paysages sous-marins est loin d'être terminé, car il reste environ 90 % des abysses à cartographier avec précision !

Le fond des océans en mouvement

Toute la surface de la Terre ressemble à un puzzle géant, composé d'immenses plaques, les plaques tectoniques. Au fond des mers et des océans, ces plaques, poussées par le magma qui bouillonne en dessous, bougent depuis des millions d'années. Soit elles s'écartent, de 1 mm par an dans l'océan Indien jusqu'à 18 cm par an dans le Pacifique, soulevant une immense chaîne de montagnes sous-marine, la dorsale (1). Soit elles se rapprochent, formant à leur jonction de profondes fosses (2).

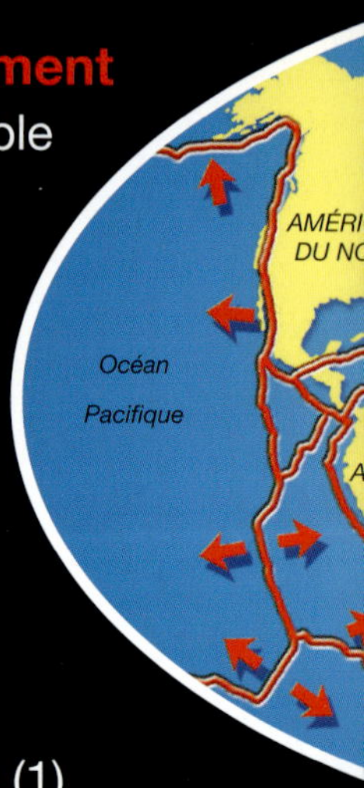

La plaine abyssale

Entre 3 000 et 6 000 m de profondeur, le fond de la mer ressemble à une immense étendue désertique, tapissée d'une épaisse couche de vase. Les espèce qui y vivent sont rares et dispersées.

La dorsale océanique

La plus grande chaîne de montagnes du monde se trouve au fond de la mer. Elle s'élève à 4 000 m de haut en moyenne au-dessus de la plaine abyssale, et serpente sur 60 000 km entre les continents, là où deux plaques tectoniques s'éloignent l'une de l'autre

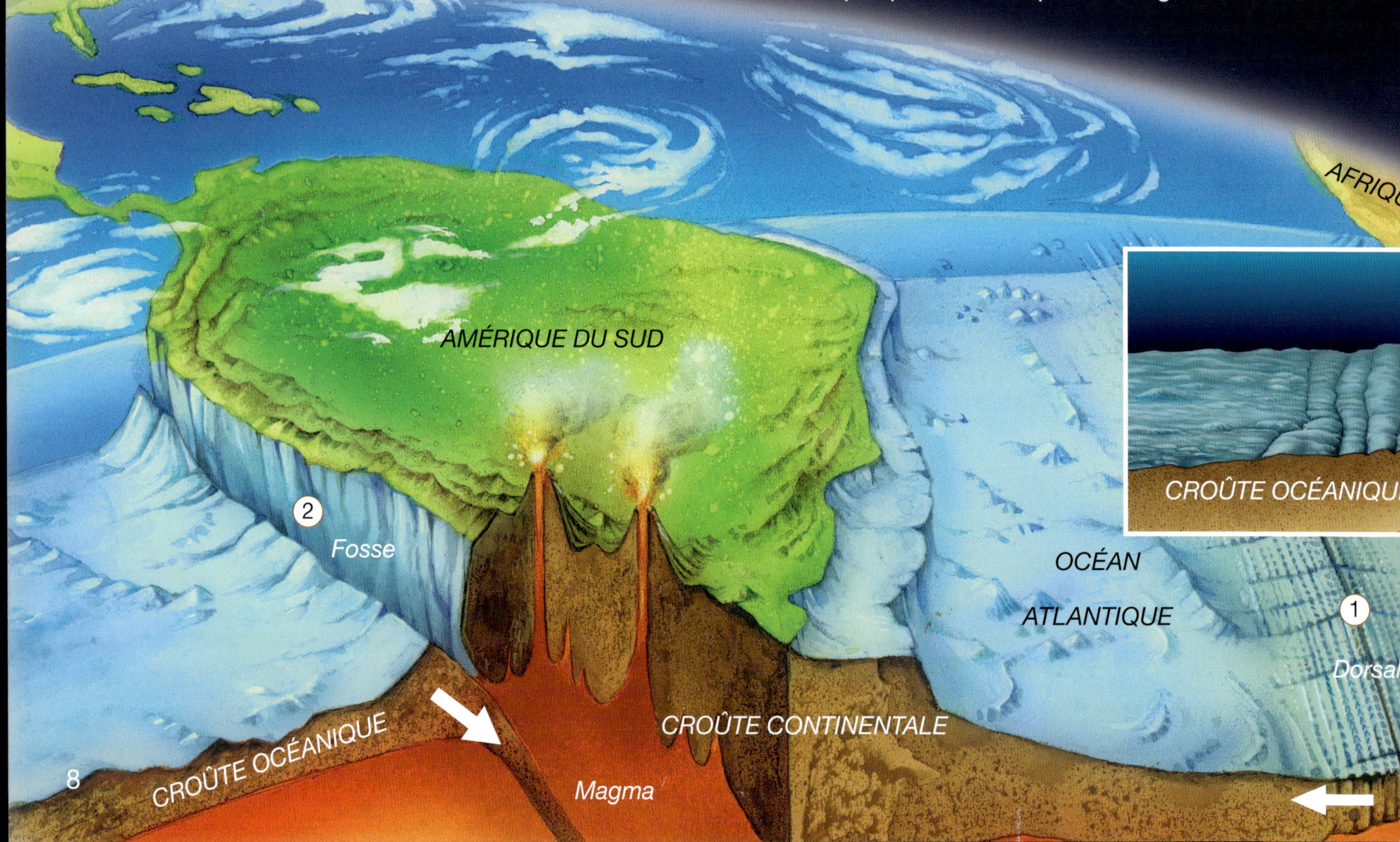

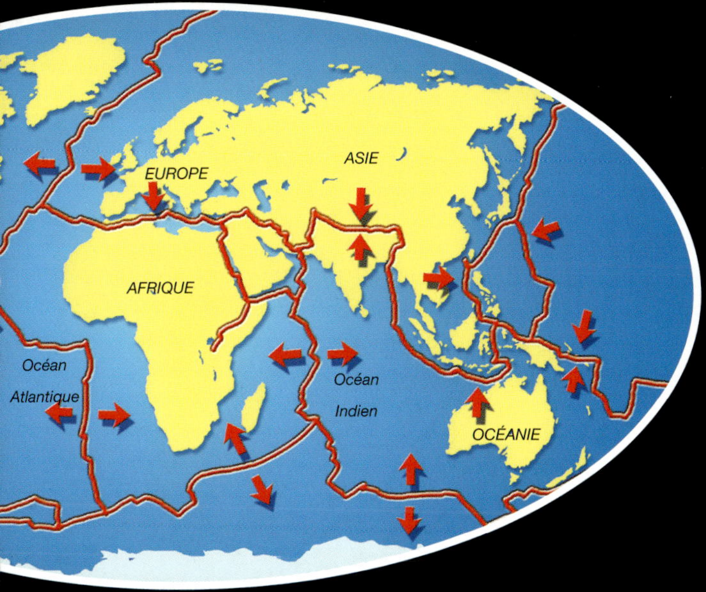

Une activité intense au fond des océans

Deux types de croûte forment la surface de la Terre : la croûte océanique et la croûte continentale. La première, qui tapisse le fond des océans, est bien plus dure et plus dense que la seconde, qui tapisse le sol des continents. Mais avec ses 5 km d'épaisseur en moyenne, elle est beaucoup moins épaisse. Ce qui permet au magma, situé sous la croûte océanique, de remonter des entrailles de la Terre et de s'écouler dans la mer au niveau des dorsales, le long d'une vallée profonde, le rift (3). En se refroidissant et en durcissant au contact de l'eau glacée, ces coulées de lave forment de la nouvelle croûte océanique, d'où s'échappent parfois des fluides brûlants appelés sources hydrothermales. Les plaques tectoniques sont repoussées et les océans s'élargissent (4).

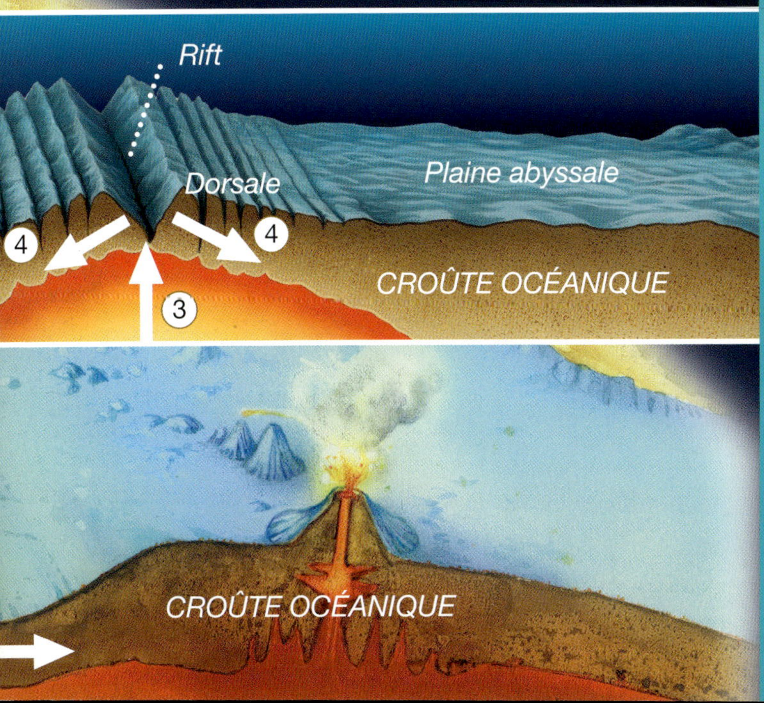

Les fumeurs noirs

On appelle ainsi les sources hydrothermales chaudes découvertes sur la dorsale dans les différents océans. Jaillissant d'immenses cheminées qui ressemblent à des termitières parfois hautes comme des immeubles, des panaches noirs et brûlants, chargés de gaz toxiques et de particules de métaux, montent en tourbillonnant vers la surface avant de se dissoudre dans la mer. Contrastant avec le désert glacial environnant, une étonnante oasis de vie animale arrive à se développer sur ces cheminées, dans une eau qui avoisine parfois les 350 °C (voir aussi pages 16-17) !

De la neige dans les abysses !

Dans le noir des eaux profondes, des milliards de petites taches blanches tombent continuellement vers le fond, tels des flocons. Ces minuscules particules organiques proviennent d'algues ou d'animaux marins morts dans les eaux de surface. Cette « neige abyssale » est un festin providentiel pour beaucoup d'espèces ! Et tout ce qui n'est pas mangé terminera sa course sur le fond, constituant l'épaisse couche de vase qui tapisse la plaine abyssale.

Des montagnes immergées

Au moins 100 000 montagnes sous-marines, appelées guyots, s'élèvent dans tous les océans au-dessus du plancher océanique. Leurs sommets aplatis se trouvent plus ou moins profondément sous la surface, certains à 3 000 m de profondeur, d'autres à quelques centaines de mètres seulement. Ils sont alors un réel danger pour les sous-marins s'ils ne sont pas cartographiés… Le long des pentes et au sommet de ces montagnes circule un puissant courant qui brasse sans cesse des sédiments riches en nourriture. Grâce à ce courant, une faune variée peut prospérer : coraux des profondeurs, éponges, anémones et toutes sortes de poissons.

Le plus grand volcan du monde

Près de 15 000 volcans encore actifs ou éteints se trouvent au fond des océans. Découvert en 2013 dans l'océan Pacifique, à 1 600 km à l'est du Japon par une équipe de Japonais et d'Américains, le massif Tamu serait le plus grand de tous. S'il est à peine moins haut que le Mont-Blanc, il est beaucoup plus large : son diamètre est de 650 km ! Son sommet se trouve à 2 000 m sous la surface de l'océan. Et, fort heureusement, sa dernière éruption remonterait à 45 millions d'années…

De curieux coussins de lave

Au fond de la mer, les coulées de lave prennent la forme d'étranges boules plus ou moins arrondies, recouvertes d'une croûte grise et molle qui laisse à peine apparaître le rouge du magma en dessous… Au fur et à mesure de leur création, ces coussins de lave gonflent, se multiplient et s'empilent les uns sur les autres, sans jamais dégager de fumée à cause de la pression. Puis ils finissent par durcir et se figer sur place au contact de l'eau de mer glacée en prenant des formes surprenantes.

Des fosses qui tombent à pic

Les fosses sont les endroits les plus profonds des océans. Elles entaillent le plancher océanique là où une plaque océanique et une plaque continentale viennent buter l'une contre l'autre. La première, plus lourde, va s'enfoncer vers le magma sous la seconde, beaucoup plus légère. Les fosses ne se situent pas au centre des océans, mais le long des continents. Les plus nombreuses et les plus profondes se trouvent dans l'océan Pacifique, où plusieurs atteignent 10 000 m, alors que dans l'océan Atlantique le record pour une fosse est de 8 400 m, et en Méditerranée de 5 367 m seulement !

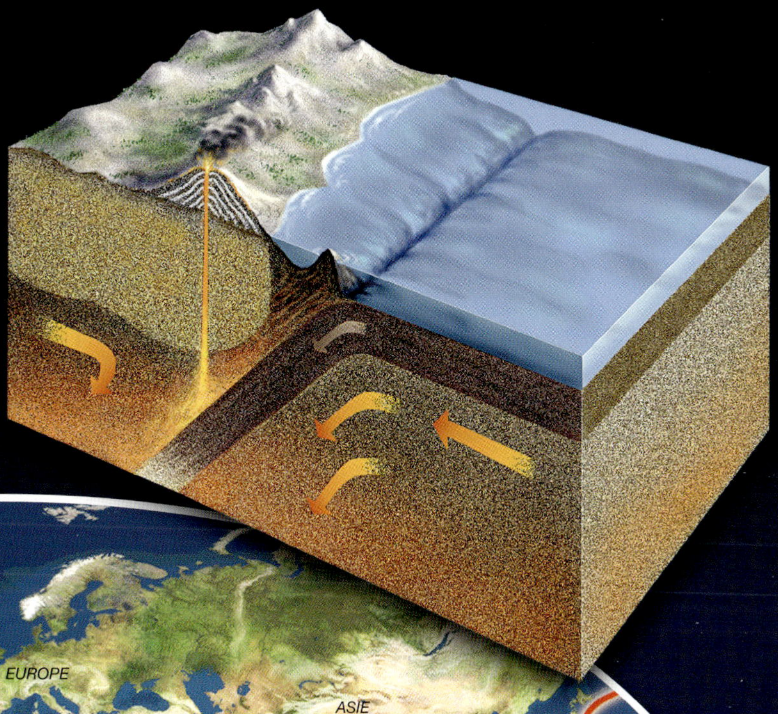

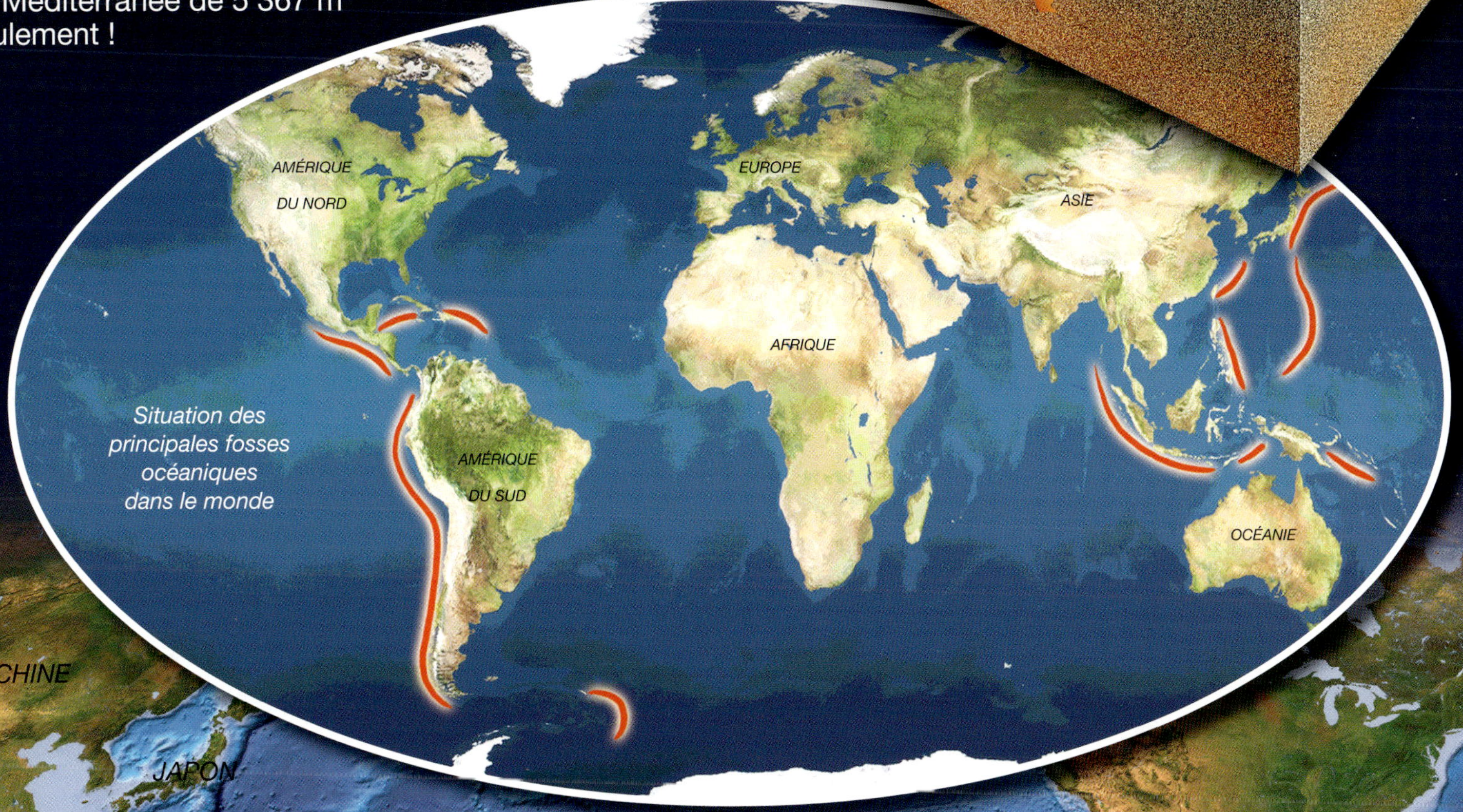

Situation des principales fosses océaniques dans le monde

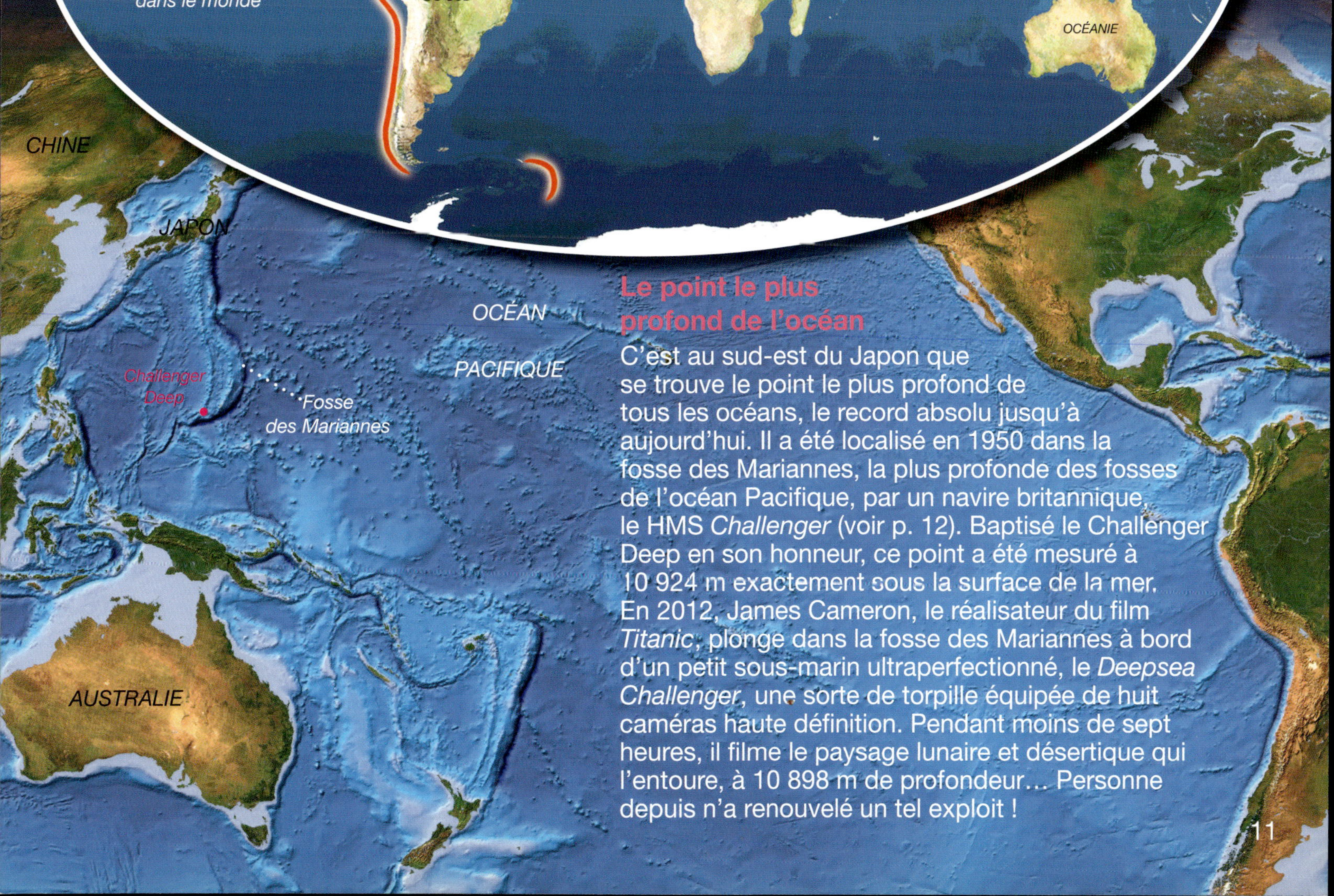

Le point le plus profond de l'océan

C'est au sud-est du Japon que se trouve le point le plus profond de tous les océans, le record absolu jusqu'à aujourd'hui. Il a été localisé en 1950 dans la fosse des Mariannes, la plus profonde des fosses de l'océan Pacifique, par un navire britannique, le HMS *Challenger* (voir p. 12). Baptisé le Challenger Deep en son honneur, ce point a été mesuré à 10 924 m exactement sous la surface de la mer. En 2012, James Cameron, le réalisateur du film *Titanic*, plonge dans la fosse des Mariannes à bord d'un petit sous-marin ultraperfectionné, le *Deepsea Challenger*, une sorte de torpille équipée de huit caméras haute définition. Pendant moins de sept heures, il filme le paysage lunaire et désertique qui l'entoure, à 10 898 m de profondeur… Personne depuis n'a renouvelé un tel exploit !

CONQUÊTE DES PROFONDEURS

La connaissance scientifique des grands fonds commence dans les années 1870, alors que personne n'a encore jamais plongé dans les abysses. Une cinquantaine d'années plus tard, de courageux pionniers osent descendre dans l'obscurité des profondeurs, à bord d'engins mis au point par des inventeurs de génie, rapportant de leurs plongées d'incroyables récits ! D'autres plongeront après eux, toujours plus profondément, avec des engins de plus en plus perfectionnés, permettant l'essor de l'océanographie.

Albert 1er de Monaco, un « prince savant »

Au tournant du XXe siècle, Albert 1er, souverain de Monaco, une principauté au bord de la Méditerranée, consacre trente ans de sa vie à la découverte des profondeurs. Sillonnant les mers à bord de ses superbes voiliers spécialement aménagés, l'*Hirondelle* ou le *Princesse Alice*, il capture de nombreux spécimens marins grâce à des instruments de son invention. En 1905, il fait réaliser la première carte générale des fonds marins, ou carte bathymétrique (voir ci-dessous la deuxième édition datant de 1912). Enfin il crée deux célèbres instituts océanographiques, l'un à Paris, l'autre à Monaco.

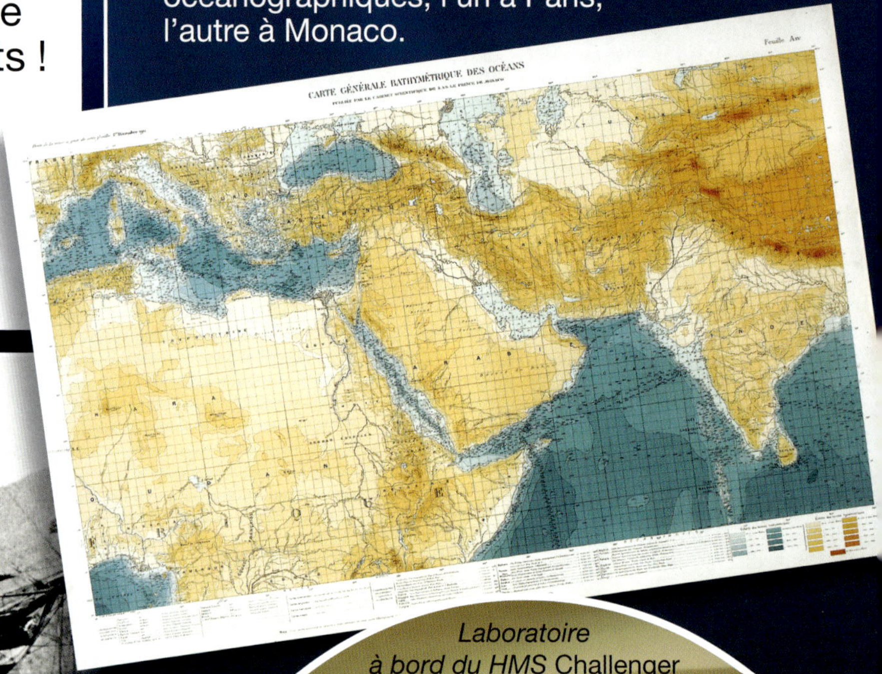

Laboratoire à bord du HMS Challenger

La première expédition océanographique

En 1872, un trois-mâts anglais aménagé en laboratoire flottant, le HMS *Challenger*, entame un long voyage sur toutes les mers du monde pour étudier les profondeurs abyssales. Pendant quatre ans, des scientifiques effectuent des milliers de mesures sur la température de l'eau, la disparition progressive de la lumière ou les courants et répertorient près de 4 000 créatures marines jusqu'à 8 000 m de profondeur ! Minutieusement dessinées par les peintres qui font partie du voyage, elles sont la preuve qu'une importante vie animale existe dans les grands fonds.

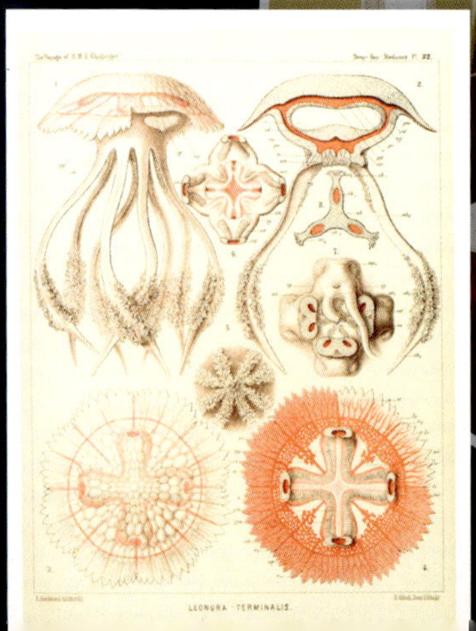

La bathysphère de Beebe et Barton

Dans les années 1930, les Américains William Beebe et Otis Barton sont les premiers à observer de leurs yeux la faune des profondeurs ! Avant eux, personne n'avait vu les espèces des grands fonds dans leur environnement. Recroquevillés dans leur bathysphère, une petite boule d'acier suspendue par un câble sous un navire, Beebe et Barton effectuent une trentaine de plongées d'observation, atteignant la profondeur record pour l'époque de 923 m ! Ils découvrent la bioluminescence, cette capacité à produire de la lumière qu'ont 90 % des espèces marines profondes.

Avec ses petites lunettes rondes et son crâne dégarni, le professeur Piccard, inventeur du Trieste, a servi de modèle à Hergé pour imaginer le personnage du professeur Tournesol, le concepteur d'un sous-marin en forme de requin bien connu des amateurs des albums de Tintin !

e *Trieste* 'Auguste Piccard

e professeur de hysique Auguste iccard est l'inventeur du *rieste*, un bathyscaphe évolutionnaire qui va ermettre à l'homme de longer pour observer es profondeurs extrêmes. n septembre 1953, e pilote du *Trieste* et n scientifique atteignent 150 m de profondeur.

Jacques Piccard et Don Walsh

Le record du monde de profondeur

En 1960, l'océanographe suisse Jacques Piccard, fils d'Auguste Piccard, et l'Américain Don Walsh s'installent dans la minuscule cabine située sous le flotteur du *Trieste*. Après quatre heures et demie de plongée, ils se posent enfin sur le fond en soulevant un nuage de sédiments, à 10 916 m de profondeur exactement, tout près du Challenger Deep. À leur grande surprise, ils aperçoivent par leur hublot un poisson plat qui s'enfuit dans la lumière de leur projecteur… C'est bien la preuve qu'une vie animale existe aussi aux profondeurs extrêmes !

L'EXPLORATION AUJOURD'HUI

Le temps de la course aux records de profondeur est révolu. Les océanographes s'appliquent désormais à étudier le sol des grands fonds, les mouvements qui secouent les entrailles des océans et les espèces qui y vivent. Les submersibles habités sont toujours utilisés pour certaines missions, mais ce sont des robots de nouvelle génération qui explorent les grands fonds, relayés par des satellites. Tandis qu'à bord de navires océanographiques, les scientifiques travaillent dans des laboratoires flottants.

Une campagne en haute mer

C'est ainsi qu'on appelle une mission scientifique loin des côtes, à bord d'un bateau océanographique. Une campagne se prépare deux ans à l'avance et nombreux sont ceux qui rêvent d'y participer. Mais les places sur le bateau sont limitées. À bord, différents scientifiques, géologues, physiciens, biologistes, vont se relayer 7 jours sur 7 pour mener à bien leurs projets : cartographier un relief, observer de nouveaux spécimens marins, étudier telle ou telle roche... Et peu importe si la mer est démontée !

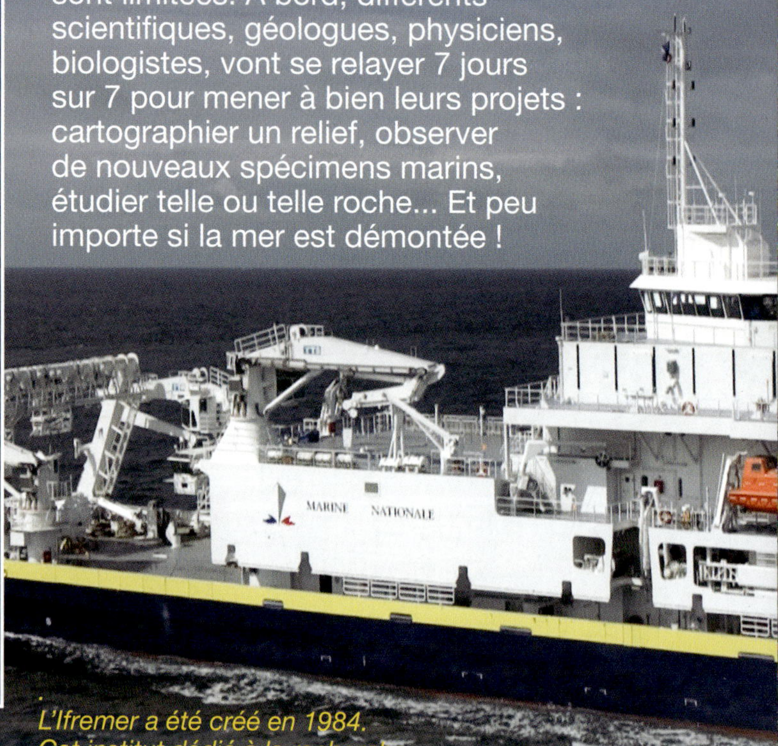

L'Ifremer a été créé en 1984. Cet institut dédié à la recherche marine possède huit navires et mène de nombreuses campagnes océanographiques.

Le temps des submersibles

Avec leur épaisse paroi en titane capable de résister aux pressions extrêmes, les submersibles peuvent plonger jusqu'à 6 000 ou 7 000 m de profondeur, avec trois personnes à leur bord. Les plus connus sont le *Nautile* français, l'*Alvin* américain, les *Mir 1* et *2* russes, le *Shinkai 6500* japonais et le *Jialong* chinois (que l'on voit sur la photo ci-contre). Même s'ils sont souvent remplacés par des robots comme *Victor 6000*, les submersibles sont encore très utiles, par exemple pour faire des repérages avant la pose de câbles au fond de la mer, ou avant l'installation d'une plate-forme pétrolière.

Le *Pourquoi pas ?* et le robot *Victor 6000*

Sur le *Pourquoi pas ?*, un bateau-laboratoire appartenant à l'Ifremer, une trentaine de chercheurs vont vivre et travailler ensemble pendant les quatre à cinq semaines que dure une campagne. Tout est prévu pour commencer à analyser sur place les échantillons collectés par un robot plongeur, le ROV *Victor 6000*, mais aussi pour conserver dans les meilleures conditions les spécimens qui seront étudiés plus tard par des chercheurs restés à terre.

À bord du Pourquoi pas ?, *ce fleuron de la flotte océanographique française, se trouve le poste de pilotage du robot* Victor 6000.

Victor 6000 *est relié au* Pourquoi pas ? *par un immense câble en fibre optique par lequel passent les ordres que ses opérateurs lui donnent. Il peut rester des jours sous l'eau sans remonter. Il est équipé de huit caméras pour tout filmer et de bras articulés pour faire de délicats prélèvements.*

En plongée à bord du *Nautile*

Dans le petit habitacle de ce submersible de l'Ifremer, le pilote et le scientifique sont allongés sur des couchettes, tandis que le copilote est assis au milieu. Quand le *Nautile* est en plongée, il fait à peine 10 °C à l'intérieur, et bien sûr, il n'y a pas de toilettes ! Une plongée dure entre six et huit heures, et il y a fort à faire : piloter, filmer, prélever et parfois diriger *Robin*, son petit robot attitré, qui est capable de se faufiler dans les endroits inaccessibles, comme l'intérieur d'une épave.

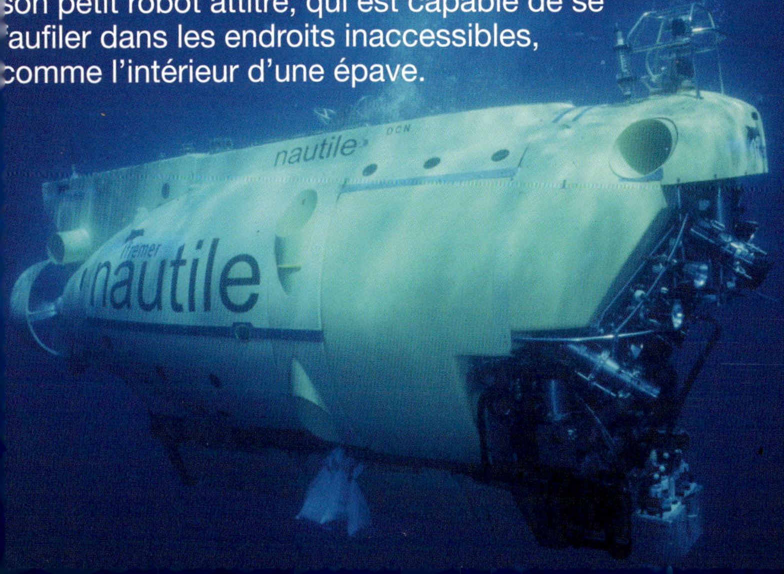

Des AUV au-dessus des fonds

Aster^{X} et *Idef*^{X} sont les derniers-nés de l'exploration sous-marine française. Ces engins autonomes, qu'aucun câble ne relie à un navire de surface, peuvent « survoler » les fonds pendant des jours, à plus de 2 500 m de profondeur. Ils parcourent ainsi lentement des milliers de kilomètres sans jamais se poser, transmettant par satellite les informations récoltées avec leurs sondeurs.

Aster^{X} *est un engin autonome appartenant à l'Ifremer.*

DES OASIS SOUS LA MER

En 1977, les scientifiques ont été stupéfaits de découvrir une faune luxuriante et colorée autour des fumeurs noirs, alors que, tout autour, les abysses avaient l'air d'un désert sans vie ! Ils ont comparé ces peuplements à des oasis sous la mer. Aujourd'hui, plus de 500 espèces grouillant sur ces sources hydrothermales chaudes ont été décrites. Ces animaux ont pu se développer dans un milieu aussi toxique en se nourrissant de micro-organismes, les bactéries, qui retombent des fluides brûlants chargés d'hydrogène sulfuré.

Une anguille blanchâtre

Ce poisson long de 30 cm qui ressemble à une grosse anguille fait partie des très rares poissons observés au pied des sources hydrothermales. Il ondule lentement, presque immobile, au milieu des vers riftias, cherchant à piéger quelque crevette isolée ou l'un des petits crabes blancs qui aiment aussi se promener là.

Des buissons de vers rouge vif

D'étonnantes touffes de tubes géants, surmontés de panaches d'un rouge éclatant, prospèrent au pied des fumeurs noirs. Ces grands vers, dont le corps mou est protégé par un tube et qui n'existent nulle part ailleurs sur Terre, sont des vers riftias. Certains mesurent jusqu'à 2 m de haut ! Ils n'ont pas d'yeux, pas de bouche, pas d'estomac, pas de tube digestif. Ils se nourrissent des millions de bactéries qu'ils aspirent et qu'ils stockent dans leurs tubes rigides. Un processus chimique transforme alors ces micro-organismes en énergie qui les fait grandir.

Des crabes étrangement poilus

Avec ses pattes et ses grandes pinces poilues, la galathée yéti a l'air d'une peluche ! La blancheur de son corps et ses poils frémissants dans le courant permettent de la repérer facilement sur les cheminées peu actives auxquelles elle s'accroche. Comme elle est aveugle, elle attend que les restes d'un animal mort passent à sa portée pour se nourrir. Et si elle n'a rien à se mettre sous la dent, elle se contente des bactéries posées sur ses poils en approchant une patte de sa bouche.

›es essaims
›e crevettes aveugles

›es crevettes *Rimicaris* n'ont ›our le moment été repérées ›ue dans les profondeurs de ›océan Atlantique. Elles sont ›ansparentes ou vaguement ›osées et elles n'ont pas ›'yeux. Elles vivent en ›ssaims de dizaines de milliers ›'individus, cramponnées aux ›arois des cheminées, s'agitant ›énétiquement près des ›ssures d'où s'échappent des ›uides brûlants : c'est là que ›e concentrent les bactéries et ›es particules minérales dont ›lles ont besoin pour vivre.

Des vers recouverts de cendres

Leur nom, vers de Pompéi, vient du fait qu'ils se développent sous une pluie continuelle de cendres qui retombe des panaches brûlants, comme s'ils vivaient sur les pentes d'un volcan actif. Contre les parois des cheminées, la température de l'eau est de 80 °C, mais cela ne les dérange pas ! Comme les vers riftias, ils vivent en colonies, dans des tubes rigides qu'ils fabriquent tout au long de leur vie. Mais ils sont beaucoup plus petits et leur panache en forme d'étoile est recouvert de cendres et de bactéries.

Des cimetières de coquillages

Les sources hydrothermales ne sont pas éternellement actives. Leurs conduits finissent parfois par se boucher. À la suite d'un séisme sous-marin, les fluides brûlants peuvent choisir une autre sortie pour s'échapper des entrailles de la Terre… À proximité de cheminées inactives et écroulées, des cimetières de coquilles vides ont été retrouvés. Car sans fluides hydrothermaux, ces mollusques ne peuvent pas vivre.

Des bancs de moules géantes

Ces moules abyssales appelées modioles sont beaucoup plus grandes que leurs cousines de surface : certaines ont la taille d'un téléphone portable ! Leurs coquilles jaunes ou marron sont dissimulées sous une curieuse croûte de dépôts. Elles vivent en colonies, solidement accrochées par leurs filaments au pied des cheminées toujours en activité. Car, pour grandir, ces mollusques filtreurs ont besoin de l'eau chargée en bactéries et en particules minérales qu'ils aspirent en entrouvrant légèrement leur coquille.

DES CRÉATURES FANTASTIQUES

La liste des êtres étranges que les scientifiques du monde entier rapportent des campagnes océanographiques ne cesse de s'allonger. Chaque année, un nouveau bestiaire fabuleux vient agrandir leur catalogue d'animaux aux formes surprenantes. Sur les films et les photos prises au plus profond des océans, certaines espèces sont d'une beauté incroyable. D'autres sont si bizarres qu'elles semblent venues d'une lointaine planète… Pourtant, elles existent vraiment !

Le vise-en-l'air

Avec ses gros yeux globuleux et sa tête gélatineuse, cet étrange poisson de 20 cm de long fait penser à une mouche. Avoir une super vue, quand des prédateurs rôdent partout et que les repas sont rares, c'est un atout ! Le vise-en-l'air peut regarder tout autour de lui pour repérer les dangers. Il peut aussi détecter le moindre petit ver ou mollusque qui passe à sa portée, pour l'aspirer d'un coup sec avec sa bouche édentée.

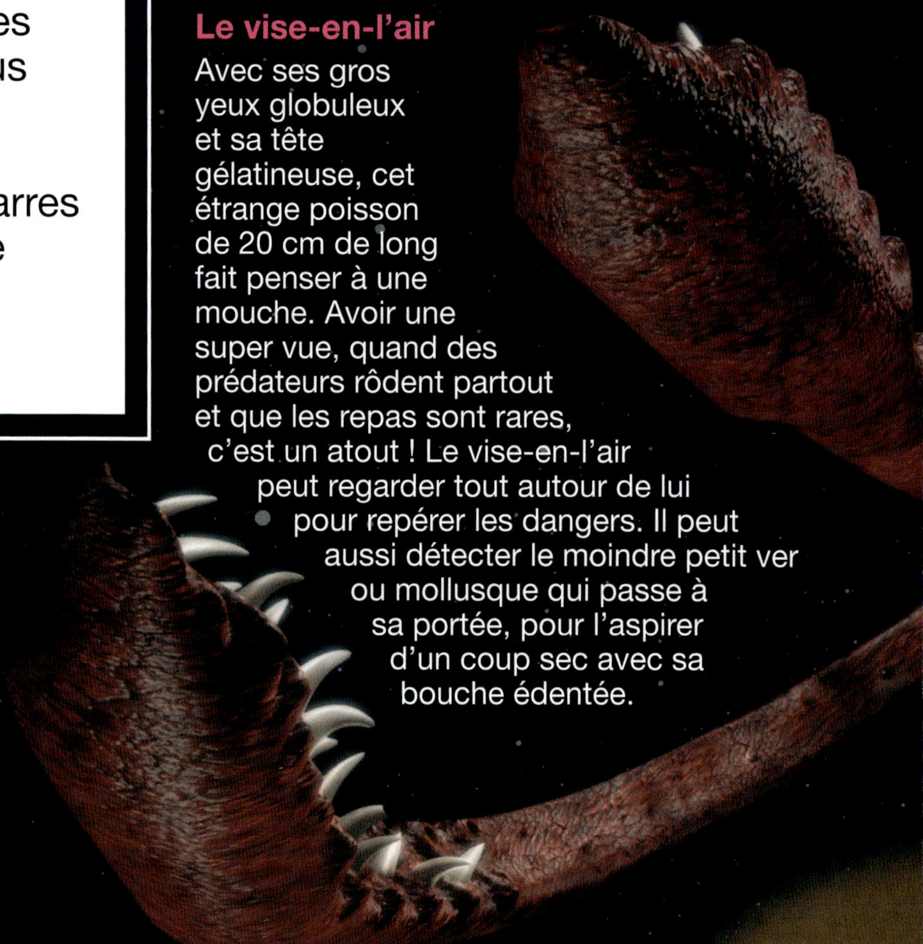

Le poulpe Dumbo

Contrairement aux apparences, le poulpe Dumbo n'a pas d'oreilles ! Il s'agit de deux petites nageoires situées de part et d'autre de sa tête, qu'il fait tournoyer comme des hélices. Elles lui servent, en plus de ses tentacules, à se déplacer tranquillement au-dessus des fonds. Des poulpes Dumbo de tailles et de couleurs différentes ont été observés jusqu'à 5 000 m de profondeur. Les plus petits, turquoise ou roses, ne mesurent que 20 cm.

Le poisson-trépied

Perché sur ses trois longues nageoires transformées en échasses, le poisson-trépied attend face au courant. Il est à l'affût. Il peut rester ainsi pendant des heures, immobile, dominant de 1 m le sol vaseux de la plaine abyssale. Comme il est aveugle, les deux longues antennes dressées vers l'avant au-dessus de sa tête détectent la moindre vibration dans l'eau. C'est le signe que l'heure de son repas approche…

.e calamar géant

)écrit avec effroi par les pêcheurs depuis plus
'un siècle, cet animal de légende serait
e plus grand invertébré de la planète.
;e monstre pourrait mesurer plus
e 15 m de long et ses yeux seraient
ussi gros que des ballons de football !
'ersonne ne peut affirmer avec certitude que
e calamar géant existe. Mais des calamars de très
rande taille ont été retrouvés échoués sur des
lages. Et un autre, immense, a été récemment
lmé par une équipe japonaise, évoluant
erveusement dans la mer…

Les concombres de mer

Il en existe des milliers au fond de la mer, de formes et de couleurs différentes, avec un corps mou dépourvu de squelette. Les concombres de mer sont de vrais gloutons qui passent leur vie à brouter les sédiments à la recherche de particules bonnes à manger. Pour être certains de ne rien rater, leur bouche-aspirateur est entourée d'un cercle de minuscules tentacules !

L’insaisissable siphonophore

Cet étrange animal, qui ressemble à une guirlande lumineuse dérivant au fond de la mer, est considéré comme le plus grand invertébré de la planète : sa taille peut atteindre 40 m. À cause de son corps tout mou et très fragile, le siphonophore est impossible à capturer pour être étudié en laboratoire. C’est donc uniquement dans son environnement naturel que les scientifiques peuvent l’observer. Le corps du siphonophore est parsemé de millions de tentacules lumineux avec lesquels il attire ses proies. Mais gare à celui qui s’en approche ! C’est un piège mortel, terriblement venimeux !

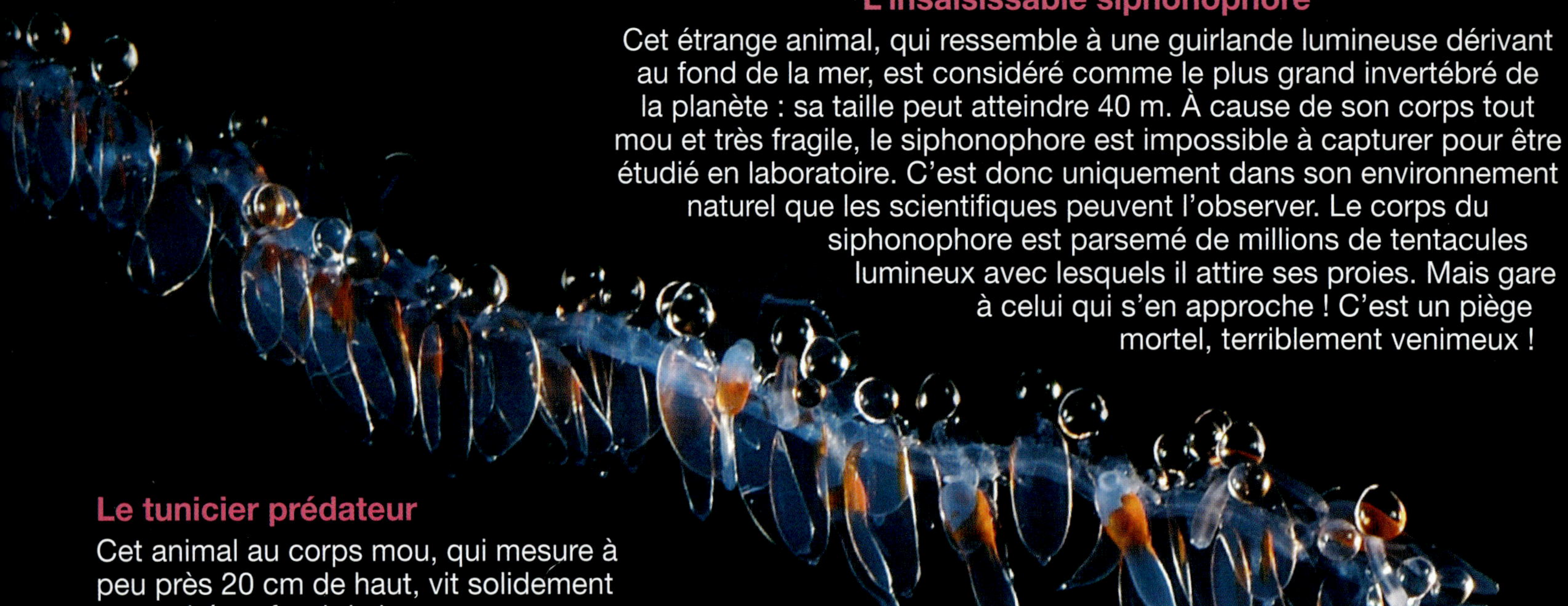

Le tunicier prédateur

Cet animal au corps mou, qui mesure à peu près 20 cm de haut, vit solidement accroché au fond de la mer par une sorte de pied. Le tunicier ne pense qu’à se nourrir : la gueule grande ouverte à la manière des plantes carnivores sur terre, il passe ses journées à attendre que des larves de poissons ou des mini-crevettes tombent de la surface ou soient apportées par le courant. Dès que l’une d’elles est à sa portée, hop ! il l’aspire d’un coup et l’avale tout rond.

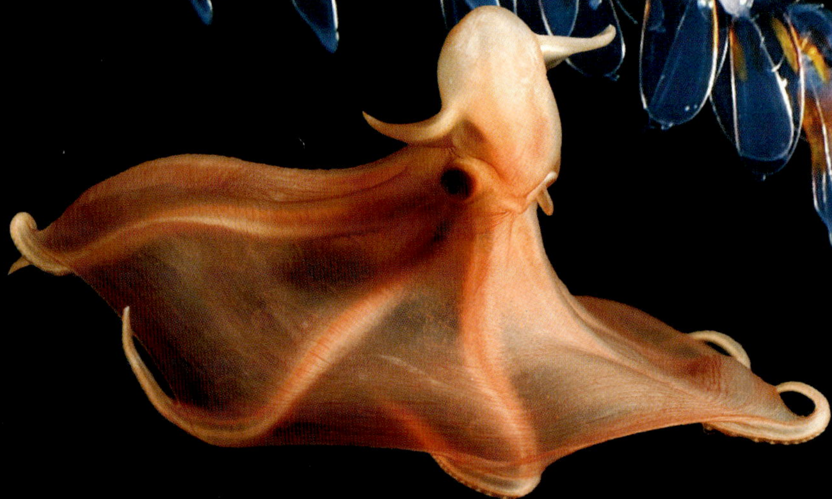

Le poulpe à ventouses lumineuses

Les grands fonds sont le paradis des pieuvres et des poulpes. Comme les méduses et les calamars, il en existe de toutes tailles, de toutes sortes. Le poulpe à ventouses lumineuses doit sa chance de survie à sa couleur rouge, car au fond de la mer, la couleur rouge apparaît noire aux yeux des autres animaux. Être rouge dans le noir abyssal est donc un excellent camouflage !

Le bathynome géant

Ce crustacé des grandes profondeurs est atteint de gigantisme abyssal. Les plus grands spécimens peuvent mesurer 50 cm ou plus. Ce cousin des cloportes terrestres se déplace sur le fond de la mer, avec la lenteur d’une tortue, à la recherche de poissons, d’éponges et de crevettes à se mettre sous les mandibules. Et quand il sent un danger, vite, il se roule en boule pour se protéger avec sa carapace.

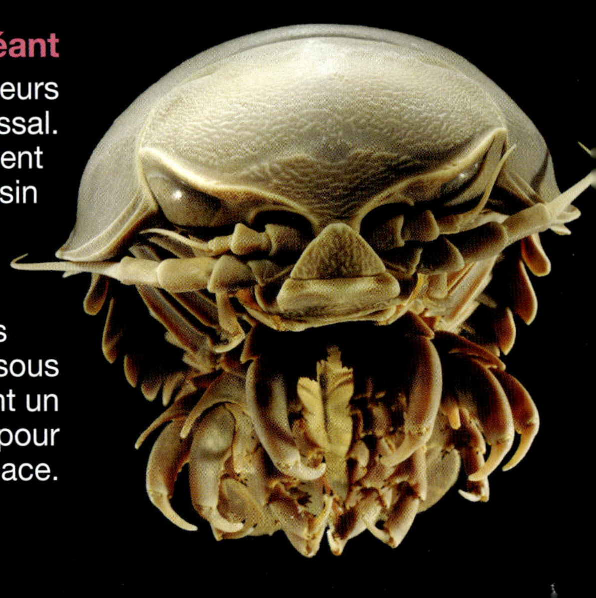

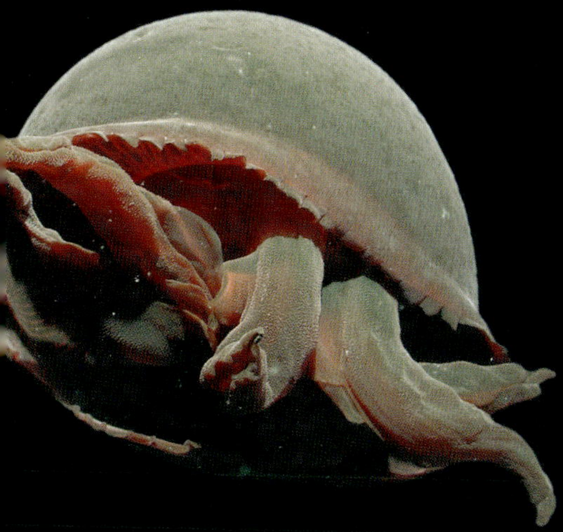

Des méduses étonnantes

Des millions de méduses vivent dans les abysses. Souvent bioluminescentes, transparentes ou translucides, elles ont des tentacules urticants ou collants. Le Benthocodon, une méduse qui vit dans les grandes profondeurs, en possède près de deux mille, et pourtant il ne mesure pas plus de 4 cm… Alors que la grande rouge (à gauche), une énorme méduse opaque dont la cloche peut mesurer 1 m de diamètre, n'en a pas : c'est avec ses longs bras charnus qu'elle attrape ses proies !

Le calamar-cochonnet

Ce petit animal invertébré, c'est-à-dire dépourvu de squelette, doit son nom à sa ressemblance avec un cochon. Comme beaucoup d'espèces des abysses, on lui a donné, en plus d'un nom scientifique en latin, un nom imagé qui rappelle quelque chose de connu sur terre. C'est vrai que son museau ressemble à un groin. Il s'en sert pour se propulser par petits jets successifs à la manière d'un piston.

Le *Beroe cucumis*

Cet étrange animal qui ressemble à une courgette molle et transparente fait partie de la famille des cténophores, qui compte de nombreux spécimens dans les profondeurs sous-marines. Des centaines de mini-cils phosphorescents sont disposés en huit rangées le long de son corps. Il les agite constamment pour se déplacer, donnant l'impression qu'il frissonne. Et par sa grande bouche située à une extrémité de son corps, il croque tout ce qui passe près de lui, y compris ses congénères !

.e vampire des abysses

;e petit poulpe de 30 cm au nom terrifiant est n réalité un animal paisible, capable de changer e forme en quelques secondes en fonction e la situation : il peut se gonfler en prenant apparence d'un parapluie, relever sa robe u-dessus de lui quand il se sent menacé, ou se nettre en vrille en crachant un nuage luminescent t visqueux pour dérouter ses poursuivants uand il doit prendre la fuite rapidement…

DES POISSONS MONSTRUEUX

Il y aurait plus de 2 000 espèces de poissons carnivores dans les abysses ! Des poissons uniques et fascinants, qui ont su adapter leur morphologie à cet environnement terrible où l'obscurité est totale et la nourriture très rare. Ils sont reconnaissables à leur dentition disproportionnée, leur gueule impressionnante, les leurres lumineux au-dessus de leur tête, sous leur menton, sur leur ventre ou au bout de leur queue, avec lesquels ils attirent leurs proies ou trompent leurs adversaires…

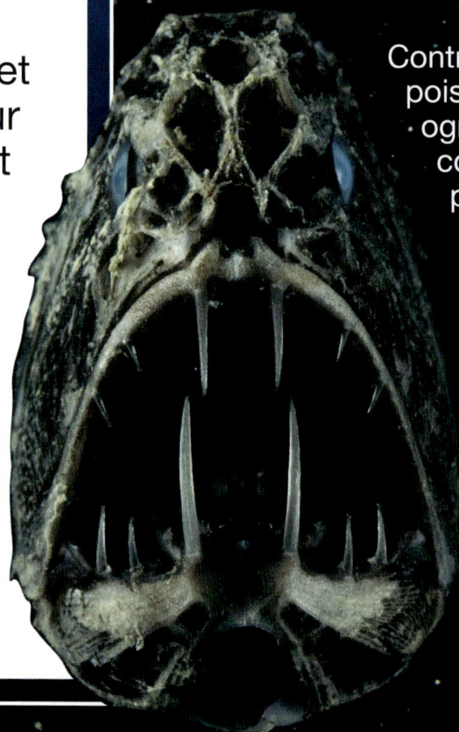

Le poisson-ogre

Contrairement à beaucoup de poissons des abysses, le poisson-ogre est un costaud, musclé comme il faut, capable de poursuivre n'importe quelle proie jusqu'à 5 000 m de profondeur. Pour augmenter ses chances de satisfaire son appétit d'ogre, il a aussi une gueule armée de dents acérées et impressionnantes par rapport à sa taille, et sa peau est recouverte d'une série de capteurs ultra-sensibles. Heureusement que ce monstre arrive à faire impression avec sa panoplie de parfait prédateur, car c'est un petit poisson à peine aussi grand qu'un crayon…

Le poisson-football

Il fait partie de la centaine d'espèces de ces poissons pêcheurs qui attirent leurs proies en agitant un leurre lumineux d'avant en arrière au-dessus de leur tête, comme si c'était une canne à pêche. Le poisson-football est un très mauvais nageur, donc il nage peu et reste le plus souvent immobile dans l'eau. Mais grâce aux capteurs ultrasensibles qui tapissent sa peau en formant de curieux dessins géométriques, il peut sentir, sans rien voir, si un animal s'approche…

Le grangousier

Mesurer plus de 1 m de long, dans les grands fonds, c'est exceptionnel pour un poisson. Mais le grangousier n'a pas que sa taille comme avantage : sa gueule est tout aussi gigantesque ! Sa mâchoire s'ouvre démesurément grâce à une membrane élastique située de chaque côté. Quand il chasse, la gueule béante, debout dans le courant, il attend sans bouger qu'un poisson se jette dedans. Et peu importe que ce poisson soit grand, son estomac extensible lui permet d'avaler tout rond des proies aussi grosses que lui.

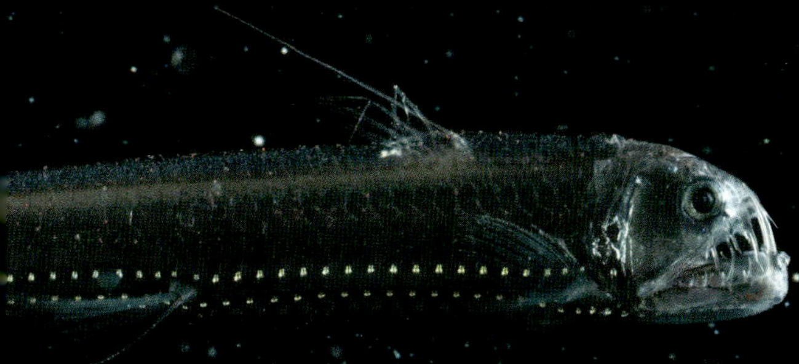

Le poisson-vipère

Ce poisson qui ressemble à une anguille de mer ne mesure que 20 cm de long. Son arme fatale, ce sont ses dents, les plus terrifiantes de l'océan Pacifique. Elles sont si longues qu'il ne peut pas refermer sa gueule ! Avec de tels crocs, il ne laisse aucune chance à ses proies. D'autant qu'il possède en plus des lumières trompeuses sur les flancs pour les attirer, et des muscles puissants pour les poursuivre en nageant.

a baudroie épineuse

aspect de la baudroie épineuse (ci-dessous) st vraiment repoussant ! Son corps est recouvert 'une centaine de longs filaments ultrasensibles ui détectent le moindre mouvement dans l'eau. 'et ensemble de filaments lui est très utile dans noir, car la baudroie épineuse chasse à l'affût, nmobile, posée à plat au fond, se confondant arfaitement avec son environnement. Dès qu'un nimal s'approche, elle le sent et ouvre son immense ueule pour l'attraper d'un coup sec et l'engloutir.

Le poisson-hachette

La préoccupation principale du poisson-hachette, c'est de sauver sa peau ! Ce petit poisson d'une dizaine de centimètres de long est devenu un champion du camouflage. De face, comme il est plat, il est presque invisible. Et de profil, les plaques lumineuses qui tapissent son ventre et ses flancs perturbent ses poursuivants en renvoyant dans la mer plein de petits reflets argentés, comme s'il était recouvert de papier d'aluminium froissé.

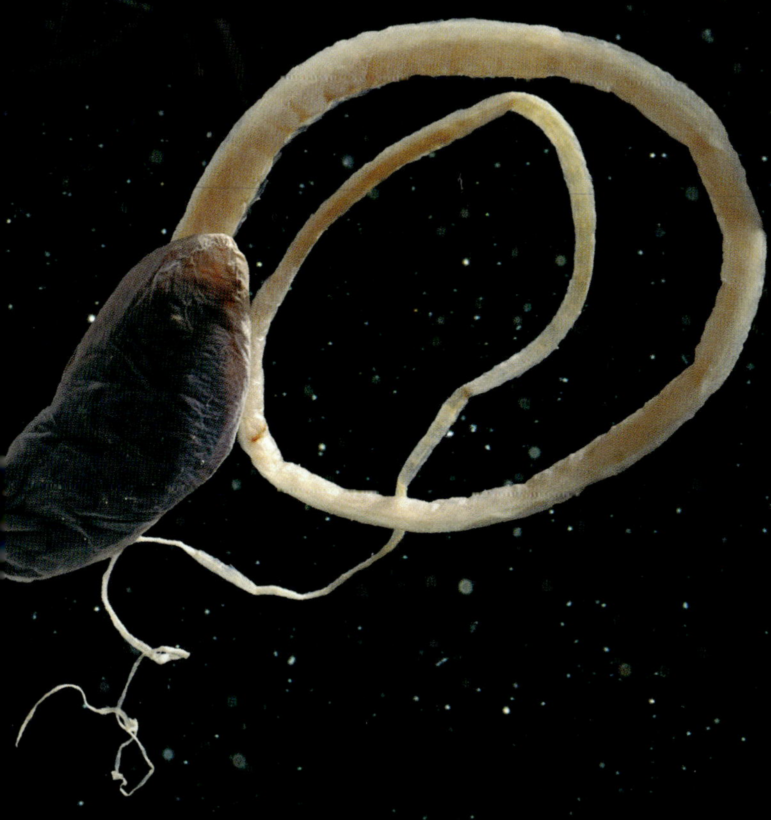

Le diable noir

Avec son leurre lumineux au-dessus de la tête, son estomac extensible et sa gueule garnie de dents orientées vers l'arrière pour que ses proies ne se décrochent pas, le diable noir a tous les attributs du monstre effrayant ! Pourtant, il n'est pas plus gros qu'un melon. Et comme il n'est pas musclé, il n'est pas du genre à chasser en nageant. Il attend sagement qu'une proie passe à sa portée, mais en évitant de bouger pour ne pas se faire remarquer par un prédateur plus gros, qui ne ferait de lui qu'une bouchée…

LES RESSOURCES DES ABYSSES

Les réserves d'énergie au fond des océans sont immenses, et une infime partie seulement a déjà été localisée. Avec une prévision de 9,6 milliards d'habitants en 2050, et l'épuisement programmé des réserves d'énergie sur terre, il y a urgence à trouver comment exploiter le pétrole, le gaz et les métaux précieux qui se trouvent dans le sous-sol des abysses. Mais comment le faire sans menacer ou détruire cet environnement exceptionnel ? Industriels et scientifiques travaillent main dans la main pour trouver des solutions.

Des trésors à exploiter

Il y aurait 100 milliards de tonnes de minerai dans les grands fonds, mille fois plus que sur terre ! De quoi allécher les plus grandes compagnies minières du monde. Aujourd'hui, l'exploitation de ce minerai est encore techniquement impossible. Mais de grandes puissances économiques, comme la Chine, la Russie, le Japon, l'Inde ou la Corée du Nord, investissent énormément d'argent dans la recherche, l'étude des grands fonds marins, la conception d'engins ou de systèmes d'exploitation possibles. Chacun de ces pays aimerait gagner cette formidable course au trésor afin d'être le premier, dans les prochaines décennies, à profiter de ces importantes richesses sous-marines.

Des encroûtements sur les volcans

Dans l'océan Pacifique, sur les pentes des volcans et des montagnes sous-marines isolés, d'importantes concrétions de métaux comme du manganèse, du fer, et surtout du cobalt affleurent à la surface de la roche. Ces précieux encroûtements qui recouvrent des kilomètres carrés de fonds marins ont mis des millions d'années à se former. Ils sont parfois extrêmement épais et le métal qu'ils contiennent y est très concentré. Ils devraient donc être très rentables le jour où leur exploitation sera techniquement possible.

Des sulfures sur les sources hydrothermales

Les fumeurs noirs ne sont pas éternels. À force de recracher des entrailles de la Terre des fluides chargés de soufre et de particules de métaux, leurs cheminées finissent par se boucher, se casser et s'écrouler sur le plancher océanique. Il se forme alors d'énormes amas de sulfures solidifiés, composés d'un amalgame de roche, de soufre et de plusieurs métaux. Ils ressemblent parfois à une palette de peintre avec des taches de jaune, de vert, de rouge, de turquoise…

De nombreux métaux précieux ont été repérés dans les grands fonds : du cobalt, du nickel, du cuivre, du manganèse… Ces métaux sont très utiles pour la fabrication des produits de haute technologie, par exemple les téléphones portables ou les avions.

De la glace remplie de gaz

Ces boules de glace sont des hydrates de méthane : un mélange d'eau et de gaz méthane qui a pris l'aspect de la glace en se solidifiant. Ces boules blanchâtres sont souvent enfouies dans la roche, affleurant parfois à la surface. Les hydrates de méthane contiennent beaucoup plus de méthane que le gaz méthane. Ils pourraient peut-être représenter une grande réserve pour le futur. Mais il est impossible pour le moment de les exploiter, c'est bien trop dangereux : au contact de l'oxygène, les hydrates de méthane prennent feu !

Coupe d'un nodule

Des « nodules » dans la plaine abyssale

Des milliers de cailloux brun foncé, presque noirs, disposés sagement les uns à côté des autres sur la vase, tapissent à l'infini la plaine abyssale. Les plus gros n'ont pas plus de 12 cm de diamètre. Ces curieux cailloux sont en fait des nodules, des concrétions rocheuses contenant toutes sortes de particules métalliques qui se sont agglutinées autour d'un noyau. Ils contiennent surtout du manganèse, mais aussi du cuivre, de l'étain, du nickel et du cobalt. Mais les exploiter, en raclant les fonds avec des filets ou en les aspirant avec des engins téléguidés depuis la surface, n'est pas possible aujourd'hui.

Cheminées de sulfures nactives au large des îles Vallis-et-Futuna, dans e Pacifique sud

Un sous-sol sous surveillance

Les gisements profonds intéressants se trouvent loin des côtes, dans des zones internationales. Ce qui ne veut pas dire que n'importe quel pays peut exploiter à sa guise le minerai ou le pétrole du sous-sol marin ! Depuis 1994, un organisme, appelé Autorité internationale des fonds marins, est chargé de prévenir les abus, mais aussi de délivrer prudemment des permis d'exploitation aux pays qui lui en font la demande.

Forages : cap sur les grands fonds

La mer est un gigantesque réservoir de pétrole : elle contiendrait presque le quart des réserves de la planète. Après l'exploitation offshore (au large des côtes), l'avenir est à l'exploitation ultra offshore, ou offshore profond. Elle permet de pomper des nappes de pétrole à 4 000 m sous la surface, peut-être même plus ! Il ne s'agit plus de plates-formes pétrolières ancrées sur le fond, mais d'installations flottantes, reliées par des kilomètres de tuyaux à des engins de pompage qui ont été fixés au fond par des robots, à 2 500 m de profondeur. Les premières installations sont déjà opérationnelles au large du Brésil et de l'Afrique de l'Ouest (image ci-dessus). Une trentaine d'autres devraient suivre d'ici à 2020.

Un quart des ressources de pétrole et de gaz dans la mer se trouverait dans le sous-sol de l'océan Arctique. Avec un avantage certain par rapport aux autres océans : il est moins profond ! Et la fonte annoncée de la banquise devrait faciliter leur extraction. De quoi attirer la convoitise des cinq pays qui bordent cet océan. Les Russes ont pris les devants : en août 2007, après des années de préparation, ils plongent sous la glace, avec trois personne à bord de leurs submersibles Mir 1 *et* Mir 2. *Et, depuis ce jour-là, à 4 302 m de profondeur, juste sous le pôle Nord, un drapeau russe en titane est planté dans le sol.*

La pêche en eaux profondes

Les puissants courants qui circulent le long des pentes et au sommet des montagnes sous-marines brassent sans cesse les sédiments, permettant à de nombreux poissons bien musclés comme les grenadiers, les lingues et les empereurs de prospérer. Attirés par ces poissons des profondeurs, des pêcheurs jettent leurs gigantesques chaluts au-dessus des guyots les plus hauts. Cette pêche en eaux profondes est catastrophique pour l'environnement : en raclant les fonds marins, les filets détruisent tout sur leur passage, y compris des coraux très rares.

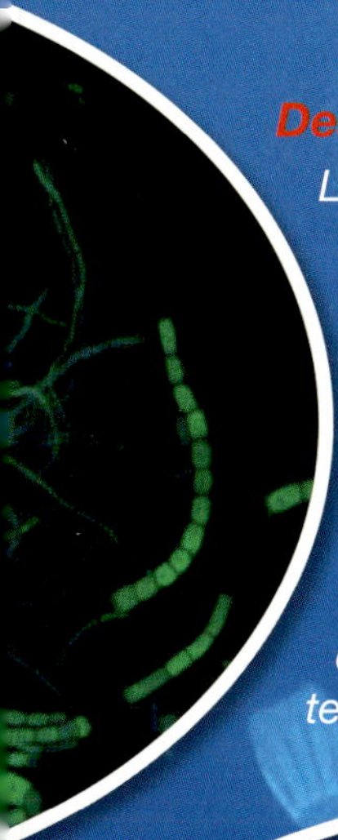

Des micro-organismes prometteurs

Les grands fonds regorgent de micro-organismes uniques, comme les bactéries. Ces êtres vivants, minuscules et très simples, se portent très bien dans des conditions extrêmes, comme sur les fumeurs noirs. Ils sont aussi capables de processus chimiques incroyables, comme ceux permettant à la vie de se développer près des sources hydrothermales chaudes. Ces bactéries passionnent les biologistes du monde entier. Peut-être permettront-elles un jour la création de nouveaux médicaments ou l'avancée de nouvelles technologies dans l'industrie.

Des lacs chargés de méthane

Le méthane est un gaz naturel qui existe en abondance dans le plancher océanique. Il s'est formé pendant des millions d'années à partir de la décomposition des sédiments, et il ressort par diverses fissures du fond des océans. Dans la plaine abyssale, mélangé à de l'eau extrêmement chargée en sel, il remonte du sous-sol et s'échappe dans la mer. À l'endroit de ces suintements froids, il se forme d'étranges lacs de saumure posés au fond de l'océan. Car l'eau de ces lacs sous-marins est tellement salée qu'elle est trop dense pour se diluer dans la mer et si lourde qu'elle stagne au fond.

Dans l'eau des lacs de saumure, aucune vie n'est possible. Mais sur leurs rivages, curieusement, des centaines de milliers de moules géantes aux coquilles allongées s'entassent en couches épaisses, accrochées les unes aux autres. Elles vivent et grandissent grâce aux émanations toxiques de méthane chargées en bactéries nourricières. Le jour où les suintements de gaz cesseront, ces moules mourront.

TABLE DES MATIÈRES

MDS : 661026
ISBN : 978-2-215-14211-9

Dépôt légal à la date de parution.
Conforme à la loi n° 49-956 du 16 juillet 1949
sur les publications destinées à la jeunesse.
Imprimé en Italie (12-14)

TRIESTE

Ifremer

Trieste

Fumeurs noirs

Aster[X], AUV de l'Ifremer

Bathysphère de William Beebe
et Otis Barton

Victor 6000, robot
autonome de l'Ifremer

Cheminées de sulfures